AF384162

L'ARISTOCRATE VAINCU,

DRAME

EN TROIS ACTES, ET EN PROSE.

La foiblesse, & l'esclavage, n'ont jamais fait que des méchans. J. JACQ.

1790

PERSONNAGES.

LE Comte DE LISIDOR, pere d'Eufebie.

Le MARQUIS, frere du Comte.

CLÉONCE, Préfident.

EUSEBIE, fille de LISIDOR.

VERGANT, Bourgeois, Amant d'Eufebie.

EGLANTINE, confidente d'Eufebie

GERONS, confident de Vergant.

LAFLEUR, Valet-de-Chambre de Lifidor.

La fcène eft à Touloufe dans l'hôtel dn Comte de LISIDOR.

A MESSIEURS

LES ÉLECTEURS

Du Département de la Haute-Garonne.

LES *Ariftides*, les *Solon*, les *Licurgue* & les *Brutus* furent les genies tutelaires de leur *Patrie* ; mais les *Barnave*, les *Mirabeau*, les *Chappellier* & les *Lafayette*, &c. ne leur ont laiffé que la gloire d'avoir donné l'exemple ; ils ont ouvert les yeux à leurs concitoyens, fur l'état d'aviliffement où ils languiffoient, ils les ont embrafés du patriotifme qui les dévore ; & le defpotifme a été écrafé, le monftre de la féodalité abbatu ; les droits de l'homme recouvrés ; nous fommes libres, nous fommes heureux. Jamais, non jamais plus, les fers injurieux de l'efclavage ne courberont nos têtes indépendantes, tout bon français l'a juré dans fon cœur ; & fi quelque nouveau tiran vouloit nous opprimer encore, qu'il paroiffe, & il éprouvera que nous avons des bras & des vertus.

MESSIEURS, un peuple libre & éclairé a reconu votre dévouement & votre civifme ; un peuple libre & éclairé, vous a choifi pour être les organes de fes fentimens ; vous réunissez les suffrages & la confiance de vos concitoyens ; quel éloge pour vous ! pour eux quel heureux présage ! déjà sous vos mains bienfaisantes s'éleve majestueusement cet édifice superbe dont nos sages législateurs ont posé les fondemens ; édifice qui ne devra sa beauté & sa splendeur qu'à votre prudence & à vos lumieres. La tâche que vous remplissez est pénible & difficile ; mais il n'est rien qui effraye, rien qui arrête de généreux Français, & de bons patriotes. Notre reconnoissance sera proportionnée aux bienfaits dont vous nous enrichirez ; & nous croyons qu'elle sera infinie.

Pardonnez M. M. à un jeune Français, s'il ose vous offrir ce premier fruit de ses travaux, dont il sent toute la médiocrité, mais le patriotisme qui l'a inspiré, & le vif espoir de vous causer un moment de plaisir au sortir de vos sublimes fonctions, sont mes titres pour prétendre à votre suffrage.

L'ARISTOCRATE VAINCU,
DRAME.

ACTE PREMIER.

SCÈNE PREMIERE.

EGLANTINE, GÉRONS.

ÉGLANTINE.

MA maîtresse n'est point ici ; elle est sans doute à rêver dans son appartement .... Ah ! adieu Mr. Gerons.

GERONS.

Je suis le très-humble serviteur de Mamzelle Eglantine : le défir de vous voir m'a fait pénétrer tout ce vaste hôtel ; fort ennuyeux , je vous dirai , par toutes ses grandeurs : on ne peut y entrer tranquillement ; Portier, Laquais , tout le monde vous talonne ..... Mais on oublie tout , quand on vous voit si jolie.

EGLANTINE.

Le compliment eft peut-être plus galant, que fincère:

GERONS.

Qu'on vous reconnoît bien pour l'aimable fuivante d'une vertueufe, & charmante maîtreffe!

EGLANTINE.

Oh! charmante, il eft vrai;

GERONS.

A part.   *haut*

Flatons-là pour favoir la vérité. Vraiement on ne peut fe laffer de vous admirer: on fonge à lui donner un époux?

EGLANTINE.

Tu m'arrachez tout malgré moi; je te dirai qu'elle a un pere, bon homme au fonds, mais qui veut ce qu'il veut: eh! bien; un Officier des gardes Nationales, jeune, aimable, bien fait, a donné dans la vifiere à ma maîtreffe: Eh! elle en eft là: elle attend l'arrivée du Marquis, fon oncle, qui eft à Paris, pour qu'il faffe la propofition à M. de Lifidor, perfuadée qu'il conferve toujours affez d'afcendant fur lui, pour qu'il détermine fon confentement.

GERONS.

Cet Officier, feroit-il pas un peu brun?

EGLANTINE.

Oui:

GERONS.

Figure ovale!

EGLANTINE.

Encore....

GERONS.

Cheveux chatains .... yeux noirs ....

EGLANTINE.

C'eft lui.

GERONS.

La jambe faite au tour .. bien planté . . .
Là , bien fait enfin ?

EGLANTINE.

Justement : comment le connois-tu ?

GERONS.

N'a-t-il pas nom Vergant ?

EGLANTINE.

Vergant ! oui je crois que c'est ça.

GERONS.

Je suis à son service depuis quelque temps : oh ! il mérite
bien qu'on l'aime !

EGLANTINE.

Je ne savois pas , je t'assure . . . . Mais garde toi bien au
moins de rien dire . . . .

GERONS.

Je suis discret , ne craignez rien. . . . Ma foi , elle a raison de l'aimer . . . Si j'étois fille . . . .

EGLANTINE.

Est-il noble ?

GERONS.

Il pense mieux qu'un noble : il a de la tête , Dieu sait !
comme il raisonne sur toutes ces affaires , ouf ! . . C'est un
gouffre de science : il dit , qu'il n'y a de véritable noblesse
que celle du cœur.

EGLANTINE.

Sortons vîte , voici le pere de ma maîtresse , qui prétend
à la noblesse héréditaire.

SCÈNE II.
LISIDOR, *seul.*

QUELLE affreufe anarchie ! Les troubles, le défordre germent de toutes parts : jamais un fiecle, & plus injufte & plus fcélerat ; les loix les plus fages font profcrites ; les droits les plus facrés violés : on porte fur – tout une main criminelle & facrilege ; mais le peuple, dont on a jufqu'à ce jour fafciné les yeux, s'élancera, je l'efpere, de l'affreufe ivrreffe qui le dégrade, & en exterminant nos nouveaux légiflateurs, il brifera leur pouvoir, & vengera l'équité de nos droits.

SCÈNE III.
LISIDOR, LAFLEUR, LE MARQUIS
en bottines & en habit de voyageur.

LAFLEUR, *au Marquis.*

VOICI Monfieur le Comte.

LISIDOR, *appercevant le Marquis.*

En cet état . . . il faut être bien ofé . . . délivrez – moi de cet importun.

LE MARQUIS.

Que je vous embraffe ! que je deploie toute la joie qui remplit mon cœur.

LISIDOR, *au Marquis.*

Quelle impudence ! Monfieur, je ne fuis pas vifible dans ce moment . . . *à Lafleur.* Vite, mes gens.

LAFLEUR.

C'eft Monfieur le Marquis qui arrive.

LISIDOR.

L I S I D O R.

Le Marquis ; celui-là ! quelle apparence.... Sous ce
coftume !

L E M A R Q U I S.

Ah ! mon cher frere.

L I S I D O R.

Eh ! eh ! c'eft vous cher Marquis ! le moyen de vous reconnoître dans cet acoutrement ! j'ai bien du plaifir de
votre arrivée — Votre filence m'inquietoit , vous vous trou-
viez dans Paris , au fein du défordre. .. Je tremblois pour
vos jours ; ma fille partageoit mes allarmes , mais votre préfence diffipe notre crainte commune.

L E M A R Q U I S

La tendre Eufebie ! qu'il me tarde de la voir !

L I S I D O R.

Sa tendreffe a fuffi jufqu'ici pour me diftraire des horreurs du temps....

L E M A R Q U I S.

La vive impatience où j'étois de vous voir , ne m'a pas
permis de me défaire de l'attirail de voyageur.

L I S I D O R.

Je m'en fuis apperçu : mon hôtel eft toujours le rendez-
vous du grand monde : la fociété la plus polie & la plus
brillante vient exactement tous les jours : à l'inftant vient
de fortir un nombre de perfonnes très - comme il faut : li
eut été meffeant qu'ils vous euffent trouvé en cet état.
Nous aurons fûrement la vifite de M. le Préfident Cléonce ,
& vous favez qu'il aime à fe diftinguer autant par fes habits , que par fa naiffance.

L E M A R Q U I S.

Tant-pis pour lui.

LISIDOR.

Allez, quoiqu'on dife, on ne peut fe défendre d'un certain refpect pour l'habit d'un Marquis, d'un Comte.

LE MARQUIS.

Le luxe & la vanité font-ils faits pour imprimer la vénération ? Eft-ce l'étoffe que l'on prife ? Qu'on aille prodiguer fes hommages dans la boutique d'un Marchand. Eft-ce celui qui la porte ? On changera donc d'eftime envers lui quand il changera d'habit. Pour moi, je n'ai jamais confulté que la bienféance & la commodité pour mes habits. J'ai toujours penfé que la culture de l'efprit, & les bonnes qualités du cœur devoient feules nous faire eftimer, que la connoiffance des fciences & des arts, étoit un vêtement rare & précieux, mais que tout le monde peut également fe procurer.

LISIDOR.

L'ufage, chez Marquis, a des droits facrés qu'il faut refpecter.

LE MARQUIS.

Si l'ufage a fes droits, la raifon eut les fiens avant lui.

LISIDOR.

La naiffance, le rang ne méritent - ils pas des hommages ?

LE MARQUIS.

Oui, s'il faut révérer ce qui n'a point de mérite.

LISIDOR.

Vous ofez fronder ainfi les loix de la belle fociété ?

LE MARQUIS.

Dites mieux, les préjugés : ce ne feront jamais de vains dehors ni de titres chimériques, mais les fentimens du cœur & les qualités de l'efprit, qui nous feront eftimer de tout être penfant.

LISIDOR.

Marquis, vous êtez donc devenu philofophe ? Mais favez-vous que la maniere ordinaire de voir eft la feule bonne, & que ce n'eft que par elle qu'on peut prétendre à l'homme fenfé ?

LE MARQUIS.

Que ma façon de voir foit nouvelle ou commune, peu m'importe, la raifon la prefcrit, & le bon fens l'adopte.... D'ailleurs vous n'ignorez pas que dans ce temps de liberté, il y a liberté d'opinions.

LISIDOR.

Quoi ! vous appellez liberté ce temps de licence & d'anarchie, où les loix font fans force & les rangs confondus ?

LE MARQUIS.

Je m'étonne que ces jours foient arrivés fi tard ! . . . . Aujourd'hui que les fciences ont éclairé la raifon des Français, ils ont brifé leurs fers, anéanti les lois qu'inventa le défpotifme minifteriel ; loix qui dégradoient la dignité de l'homme. La tyrannie a pouffé le dernier foupir : la nature & la liberté trop long-temps opprimées, reprennent enfin leur empire : la France, en devenant libre, a enfanté un peuple de héros : l'amour de la patrie & d'une noble indépendance confond tous les cœurs ; les Français ont tous juré de fe fecourir mutuellement, d'exterminer d'infames oppreffeurs.... Ils ont juré de mourir ou de vivre libres.

LISIDOR.

Comment donc, vous approuvez cela ?

LE MARQUIS.

Les prejugés & l'intérêt particulier fafcinent quelque fois les yeux, & alors le jugement s'éloigne de la faine raiſon ; mais pour pouvoir tout admirer , voyez l'état des choſes d'un œil impartial.

LISIDOR.

Impartial ! eh ! peut - on l'être ? lorſqu'on voit diſparoitre ſes biens , envahir ſes propriétés , détruire ſes titres & ſes priviléges ! il faut être ſans ame pour voir ſans horreur les coups qu'on nous porte.

LE MARQUIS.

Ce ne ſont pas là ſûrement les ſentimens qu'on vient déployer chez vous ? Le Préſident Cléonce ne les adopte certainement pas.

LISIDOR.

C'eſt lui qui a une tête bien organiſée & qui raiſonne juſte ! il a toujours rejetté le projet à la fois abſurde & inſultant de confondre les trois Ordres.....il prouve que ce mêlange ſeul a enfanté tous les crimes & tous les brigandages.

LE MARQUIS.

Il ne prouve pas que de ce mêlange eſt ſortie la nouvelle Conſtitution ?

LISIDOR.

Il va plus loin , ce n'eſt que depuis l'inſtant fatal que le Tiers s'eſt arrogé le droit de politiquer & d'écrire , que le déſordre a étendu par-tout ſes ravages affreux , & que la France eſt précipitée dans un gouffre de malheurs & de calamités !

LE MARQUIS.

Il ne prouve pas que le fanatiſme , & l'hidrophobie des Ariſtocrates , ont excité les troubles de Nîmes , Avignon , Montauban ! . . . . Mais très-fort , c'eſt un ſiecle de changement , car on ſe défait des opinions juſtes & raiſonnables , & l'on n'a vu dans un mal paſſager & néceſſaire , produit par l'ivreſſe de la premiere poſſeſſion de la liberté , qu'un vice cruel , inhérent à la Conſtitution !

LISIDOR.

Le Haut-Clergé est terrassé ; la Noblesse confondue,
avilie, le désordre est dans l'état : & nous admirerions les
auteurs de cet infame bouleversement ?

LE MARQUIS. *à part.*

Il y a du timbre dans son cerveau. Et je crois entrevoir
que son retour au bon sens ne sera pas l'effet d'un moment !

LISIDOR.

Pourquoi au lieu d'innovations ne pas raffermir l'ancienne Constitution en extirpant les abus qui pouvoient la
déparer ?

LE MARQUIS.

Lorsque la somme des abus égale, surpasse même la somme des biens, pour déraciner les abus, il faut dessécher la
source, il faut refondre les loix : quand le poison s'est ré-
pandu dans toute la masse du sang, il n'est point de re-
méde, il faut que le corps périsse !

LISIDOR.

Marquis y songez-vous ? Si l'on ose détruire la Noblesse,
il faut au moins en conserver les sentimens.

LE MARQUIS.

Je ne veux d'autres sentimens que ceux de l'honnête
homme, les seuls qui peuvent annoblir.....

LISIDOR. *à part.*

Que je le haïrois si ce n'étoit mon frere.

LE MARQUIS.

Cher Comte, nous assaisonnons notre premiere entre-
vue d'idées trop sérieuses, nous aurions mieux pensé
de donner aux sentimens de nos cœurs, le temps que nous
avons mis à raisonner..... Songez que d'ailleurs j'ai besoin
de la table & du repos, pour reprendre mes forces qu'a
épuisé la longueur du voyage. De plus vous exigez que je
paroisse sous un autre costume.

LISIDOR.

Votre qualité l'exige , & non pas moi,

LE MARQUIS.

Et je vous dirai qu'il me tarde fort d'embraſſer la char‑
mante Euſebie : ſans doute vous vous êtez occupé de ſon
établiſſement ?

LISIDOR.

Nous y ſongerons.....la pauvre enfant , votre préſence
va la réjouir !..... Je ne ſais, depuis quelques jours elle
eſt toute mélancolique , & cela , dit-elle , ſur l'incertitude
cruelle de votre ſort.

LE MARQUIS.

Que ſa crainte redouble mon amitié ! ..... Tous les
inſtans que je différerois de la voir ſeroient autant de
vols faits à ma tendreſſe.

SCÈNE IV.

VERGANT, GERONS.

VERGANT.

As‑tu bien prêté une oreille attentive , Gerons ; elle
eſt mélancolique !..... oh ! Si j'étois l'objet.....Euſebie
mélancolique ..... Ah ! dieux !

GERONS.

Quel ſi grand mal que d'avoir la colique !

VERGANT.

Peſte ſoit du maraud ! elle eſt mélancolique.

GERONS.

[Oui oui j'entends , elle a la colique..... d'amour.

VERGANT.

Eh ! peut-être c'eſt un autre que moi qui captive ſon
cœur ! Que ne lui ai-je déclaré combien ſes attraits étoient

puiffans fur mon ame! Toujours l'aveu de mon amour a expiré fur mes lévres. . . . . J'y fuis réfolu. . . . . Elle apprendra par ma bouche ce que mes yeux, mon front, mon air même auroient pu lui rpprendre, fi elle fe fut fouciée de lire dans mon cœur!

G E R O N S.

Bien. . . . . Oh ! Quand le cœur parle, rarement on eft laconique !

V E R G A N T.

Penfes-tu que fi ces charmes ont afservi quelque amant qu'elle adore, je puiffe furvivre à mon malheur ?

G E R O N S.

Très-fort vous y furvivrez, tenez, l'amour ne fait mourir ou poignarder que les héros des Romans : & bien-fou feroit qui les imiteroit. Vous appréhendez que fes attraits n'aient produit dans autrui les mêmes effets que chez vous, ma foi tout le monde a un cœur de chair, & des yeux clair-voyans.

V E R G A N T.

Hé oui, voilà ce qui m'afflige !

G E R O N S.

Mais ne peut-on pas aimer, fans être aimé ? Et il n'eft pas vraifemblable qu'elle paye de retour tous ceux qui l'aiment.

V E R G A N T.

Penfe-tu qu'enorgueillie de fa nobleffe, Eufebie ait du dedain pour ceux qui n'en poffédent pas ?

G E R O N S.

Une fille, voyez-vous, préfére toujours fon bonheur à un vain titre.

V E R G A N T.

Lifidor n'attendoit que l'arrivée de fon frere pour s'occuper de l'établiffement de fa fille !

GERONS.

Tout va à merveille : je crois même que c'eſt vous qu'Euſebie. . . . . . il faut ſavoir au ſûr s'il elle a dû tendre pour
vous.

VERGANT.

Tu crois, dis-tu, qu'Euſebie. . . . .

GERONS.

Elle a déjà preſque fait ſon choix. . . . .

VERGANT.

Et tu dis que c'eſt moi qui ai fixé ſes regards ?

GERONS.

Çà pourroit être.

VERGANT.

Eh ! parle donc traître ! Que ſais-tu ?

GERONS.

Un officier lui plaît, vous êtes officier. . . . . . . Son cœur
pourroit bien être votre lot. . . . . Mais allons toujours, &
quand nous connoîtrons ſes ſentimens , nous tâcherons de
pouſſer vivement l'affaire , & s'il en eſt beſoin , le Marquis
nous donnera un coup de main. . . . . Je vous ſervirai en
tout de mon mieux , vous ſavez que par fois deux font
beaucoup de beſogne ; ſur-tout quand amour conduit la
partie.

VERGANT.

Sans doute qu'elle reſpire le frais au parterre : j'y vole
pour m'aſſurer de ton rapport.

GERONS *ſuivant Vergant.*

Et moi , en courtiſant la ſuivante , je ſaurai ce que penſe
la maîtreſſe.

SCÈNE V.

S C E N E V.

EUSEBIE, EGLANTINE *venant du côté*
oppofé à celui par où Vergant eft forti.

EUSEBIE.

J'AI regardé attentivement, Eglantine, c'étoit bien lui-
même.

EGLANTINE.

Oui, j'ai cru remarquer la demarche de M. Vergant.

EUSEBIE.

Mon cœur n'auroit fu me tromper... comme il bat vite !
quelles douces palpitations ! ... penfe-tu qu'il m'aime !

EGLANTINE.

Doutez-vous du pouvoir de vos yeux ? Eh ! peut-on vous
voir fans vous aimer ?...

EUSEBIE.

Hé treve donc.... Si j'en croyois mon cœur !

EGLANTINE.

Mais vous aimez peut-être avec trop de tranfport : une
affection fortement imprimée dans l'ame fe peint fur le
vifage, auffi ai-je remarqué que depuis quelques jours une
altération affez fenfible a déparé vos charmes : ne craignez-
vous pas que la fombre mélancolie ne dévoile trop tôt votre
amour ?

EUSEBIE.

Eh ! n'avons-nous pas un cœur pour aimer, fi la nature
eut voulu qu'il reftât dans l'indifférence, nous l'auroit-elle
donné fi fenfible ?

EGLANTINE.

Vous penfez bien que nous fommes d'accord fur ce point,
& qu'on ne peut me taxer d'être ennemie des plaifirs ; mais
eft-ce jouir, que de facrifier à un feul amant le charme de

C

faire de nouvelles conquêtes ? N'eft-il pas plus doux d'en
affervir une foule ?.....

EUSEBIE

Non, non, l'inconftance eft pour moi fans appas; plaire à
celui que j'aime, eft toute mon ambition.

EGLANTINE.

Mais, Madame, fongez-vous au plaifir de recevoir à
tous les inftans de nouveaux hommages ? L'amour auroit-
il été peint avec des aîles, s'il eut dû être conftant ? M. Vergant peut toujours être au rang de vos adorateurs ; mais votre époux doit être d'une naiffance plus diftinguée.

EUSEBIE.

Quoi ! lorfque d'abfurdes préjugés s'évanouiffent, tu
veux que je fois encore leur efclave ?

EGLANTINE.

Je n'ai jamais appréhendé que M. votre pere ; fi votre
choix n'étoit pas de fon goût, vous rifqueriez de n'avoir
préparé que votre malheur; en aimant, comme l'on aime
aujourd'hui, on fe met à l'abri des peines cruelles que
caufe la perte d'un amant trop chéri.

EUSEBIE.

Penfe-tu que mon pere voye cette liaifon du même œil
que toi ! non, fans doute, il aime fa fille, il veut donc
fon bonheur, & alors que je l'aurai trouvé, il ne le dé-
truira pas.

EGLANTINE.

Il eft vrai qu'un cœur amoureux ne voit pas du même œil;
je fais que M. votre pere a beaucoup de tendreffe pour vous;
mais auffi il a par-deffus un petit grain de vanité.

EUSEBIE.

C'eft un défaut commun à tous les Nobles ; mais il ne
détruit pas la bonté de fon cœur :... n'as-tu point vu d'aujourd'hui M. Vergant ?

EGLANTINE.

Non ; mais.... j'ai vu fon domeftique..... il dit qu'il me trouve aimable.

EUSEBIE.

Que dis-tu ? Vergant fait que je l'aime ?

EGLANTINE.

Plus il me voit , plus il me trouve charmante.

EUSEBIE.

A moi ?

EGLANTINE.

S'il faut l'en croire , ii ne peut fe laffer de m'admirer toujours davantage ; mais bon , il ne le penfe pas.

EUSEBIE.

Comment impertinente tu dis qu'il t'aime.

EGLANTINE.

Je ne fuis pas des plus laides, & pourquoi pas ?

EUSEBIE.

Vergant t'aime ! à toi ! quand eft-ce qu'il te l'a dit ?

EGLANTINE.

Ce n'eft pas Vergant , je vous dis , moi , que Gerons me trouve jolie.

EUSEBIE.

Ecoute : fans doute que bientôt il viendra jouir de la beauté de la foirée au parterre , s'il s'informe de moi , tu lui diras que je fuis vifible.... & qu'il peut me parler... voici mon pere , fors & reviens à l'inftant.

SCENE VI.

LISIDOR, EUSEBIE.

LISIDOR.

MA fille , que je te dife une nouvelle qui fans doute te plaira fort ! le Marquis vient d'arriver.

EUSEBIE.

L'heureux retour !....

LISIDOR.

Ses recherches s'étendent par-tout , l'on diroit que tu as voulu te dérober à ses embrassemens !

EUSEBIE.

Quelle apparence qu'on fuie ceux qu'on aime !

LISIDOR.

Je suis bien aise qu'il préfere notre commerce au séjour de la Capitale ; il arrive à propos ; je veux que nous nous occupions du soin de te choisir un époux.

EUSEBIE.

Ah ! ...... c'est le droit du cœur ! .... Mais allons....

LISIDOR.

Où ?

EUSEBIE.

Voir mon oncle.

LISIDOR.

Il est à sa toilette : il descendra bientôt , nous pourrons l'attendre au salon.

(Ils s'en vont tous les deux ensemble , & Eusebie voyant venir Vergant , revient sur ses pas.)

EUSEBIE.

J'oubliois mon éventail.... Je vous rejoins....

SCÈNE VII.

VERGANT, EUSEBIE, EGLANTINE.

VERGANT.

MADAME... le respect & la crainte de vous déplaire ont sans cesse enchaîné ma langue : je n'ai osé vous avouer un amour que vos attraits avoient fait naître peut-être à l'infu de votre cœur : la contrainte, l'eftime & l'efpoir ont fervi d'aliment à ma flamme..... Si l'état où me réduit ce fentiment vif & refpectueux, n'eft point digne de votre tendreffe, je me croirai heureux fi votre fenfibilité m'honore d'un regard de pitié.

E U S E B I E.

La pitié difpofe l'ame à la tendreffe, & de la tendreffe à l'amour, le paffage eft facile.

V E R G A N T.

Craignez-vous d'éprouver de douces émotions, telles que vous en infpirez ? L'amour eft le fentiment des ames tendres & délicates ; & la beauté ne regnant que par lui, pourroit elle le méconnoître ? .... Vous vous taifez ? .... Eft-ce un funefte préfage ? ....

E U S E B I E *pouſſe un ſoupir.*

Ah ! ...

E G L A N T I N E.

Quelquefois la bouche fe tait pour laiffer agir le cœur plus librement.

V E R G A N T.

Belle Eufebie.... Il feroit donc vrai que vous m'aimez !

E U S E B I E.

Vous fouvient-il de ce jour où pourfuivi en pleine campagne par un taureau furieux, pâle, tremblant, échévelé, vous cherchates un afile derriere un gros arbre ? l'animal fe précipita foudain vers vous ; vous periffiez fi fa corne ne s'étoit rompue contre l'arbre qui garentit vos jours ; vous futes entrainé dans fa courfe feroce, & jetté à terre fans mouvement & prefque fans vie : moi, & mon pere, qu'un heureux hafard avoit conduits en ces lieux, nous avions été témoins de ce cruel fpectacle : la pitié déchiroit mon ame ; après la fuite du terrible animal, je cédai à l'impulfion de ma fenfibilité : vous futes placé dans ma voiture & mené promptement dans la maison voisine d'un laboureur. Tandis qu'un serviteur actif alla chercher les secours nécessaires, je vous prodiguai tous les soins que votre triste situation paroissoit exiger : lorsque le médecin, par le secours de son art, vous eût un peu ranimé, vos regards, où se peignoit le sentiment de la reconnoissance, se portèrent sur moi : vous serrâtes étroitement ma main : que ce langage muet fut éloquent..... & que je payai cher le plaisir de bien faire !....

VERGANT.

L'étonnement suspend mon ame entre l'admiration & la reconnoissance ; mais faut-il que j'ai ignoré jusqu'à ce jour à qui je devois la vie ?

EUSEBIE.

Lorsque le Docteur eût prononcé, que quoique votre état fut inquiétant, il vous voyoit hors de danger, mon pere pressa notre départ : le bon paysan eût ordre de veiller sur vous, & de taire mon nom : le Médecin fut supplié de garder le secret : .... vaines précautions, que me suggéra ma raison.....

VERGANT.

L'amour vous assuroit mon cœur ; mais qu'il m'est doux en ce jour de vous l'offrir par la voix de la reconnoissance : goutez le plaisir délicieux des belles ames ; les bienfaits vous rapprochent de la divinité ; & la reconnoissance la plus pure, me précipite à vos pieds.

EUSEBIE.

La recompense d'un bienfait se trouve dans le plaisir de l'avoir partagé ; mais n'est-ce pas le vendre que de souffrir cette dépendance ? *elle le releve.*

VERGANT.

Achevez de me combler de vos bienfaits.... Eh ! daignez embellir la vie que vous m'avez conservée, par le don de votre main !

E U S E B I E, *après un peu de réflexion.*

Si ce don de la main étoit inféparable de celui du cœur, Vergant vous. auriez ma main.

V E R G A N T.

Je poſſéde votre cœur, mon bonheur eſt parfait !

E U S E B I E.

Mais fi mon pere.....

V E R G A N T.

Que de fombres idées ne viennent pas empoiſonner de momens fi doux ! fans doute que votre bonheur fera pré-cieux à M. votre pere, & à M. le Marquis, & qu'ils s'empreſſeront d'ordonner que votre main fuive l'impul-fion de votre cœur ! qu'elle ame de fer refifteroit au plaifir de faire deux heureux ?

Fin du premier Acte.

ACTE II.

SCÈNE PREMIÈRE.

CLEONCE, *feul.*

LES temps font bien changés, & le Français eſt mécon-noiſſable : autrefois de nombreux cliens, le front baiſſé, l'air foumis & refpectueux, venoient implorer l'afcendant de mon authorité : aujourd'hui les difcours du pauvre & du faible refpirent l'énergie des cœurs indépendans : fi l'af-pect attrayant d'une main dorée commandoit quelquefois ma juſtice, je pouvois au moins jetter un voile fur l'inéga-lité de ma conduite : des raifon décorées de l'apparence de l'équité & fur lefquelles on n'ofoit porter un œil curieux, cachoient des vues d'intérêt & de fortune : l'indigent & l'opprimé perdoient leurs procès fans murmure, pourvu

qu'ils euffent eu l'honneur (rarement accordé) de m'abor-
der & de fe confier à ma juftice..... dans les cercles brillans ,
ce qui fortoit de ma bouche , étoit pris pour autant d'ora-
cles : aujourd'hui , à peine on me rend les devoirs de la
feule bienféance : j'ai beau annoncer ma façon de penfer
avec toute la gravité qui convient à un Préfident , elle
n'eft point adoptée : on me combat d'un air victorieux ; on
ne me craint plus , puifqu'on me raille ; & en détruifant
mes opinions , on éleve des nuages fur la marche vraiment
équitable du corps augufte dont je fuis un des membres
honnorables.

SCÈNE II.
LISIDOR, CLEONCE.
LISIDOR.

HÉ bien ! cette brillante conftitution prend toujours
pied ? Le peuple infenfé l'adopte & la protége ? C'eft une
tâche qui flétrira à jamais la nation Françaife .... Ravaler
gens de notre qualité jufqu'à nous affujettir aux impôts ?
Vouloir qu'un citoyen quelconque puiffe afpirer aux char-
ges & aux honneurs de toute efpece ; c'eft affreux : & ça
ne peut fe penfer fans indignation .... Non , je ne puis
concevoir comment cet aveuglement eft devenu prefque
général ....

CLEONCE.
Que dites-vous , d'ofer ainfi détruire les Parlemens ?
LISIDOR.
Qui l'eût cru , cher Cléonce , que ce tiers que nous
avons toujours accablé de nos mépris , donneroit un jour
des lois à nous , à nos neveux ? .... Les Officiers Munici-
paux en veillant fcrupuleufément au maintien de la conf-

titution

titution , ont rendu vains nos projets & nos efforts : le plan de la contre-révolution , est , dit-on , découvert ; mais ce qu'on n'a pu dans ce moment s'effectuera dans la fuite.

CLEONCE.

Ofer détruire les Parlemens ?

LISIDOR.

Voilà votre récompense pour avoir bien servi la patrie , par votre naiſſance , vos talens & vos travaux ? Mais quoi de plus criant que la deſtruction des priviléges & droits féodaux ?

CLEONCE.

Le Parlement , le Parlement , voilà qui étoit néceſſaire ; c'étoit un corps compoſé de gens de mérite ; car ils étoient tous nobles : nous étions pour la France de la plus grande utilité : dignes repréſentans du peuple , nous avons toujours défendu ſes intérêts avec zèle ; ſoutiens de la Monarchie , nous avons merveilleuſement concilié les droits du Prince , les notres , avec ceux de la Nation. Vit-on jamais de Sénats plus impoſans ! de juſtice plus ſévére ? Voilà qui étoit un ſujet d'admiration pour les Nations étrangeres :

LISIDOR.

O France ! ô ma Patrie , qu'êtez-vous devenus ?

CLEONCE.

N'eût-ce pas été agir ſenſément que de nous délivrer de ces têtes ſi pitoyablement organiſées, dont les maximes erronées ont eu une ſi maligne influence, qu'elles ont entraîné les opinions d'un peuple , aveugle , il eſt vrai , mais qui ſe prétend éclairé.

LISIDOR.

Que tous les nobles n'ont-ils penſé comme vous ! . . . . . .

Mais, Cléonce, perfiftez toujours dans de tels fentimens : je veux vous prouver que ce zèle me plaît fort : vous touchez au moment de vous établir , & j'ai cru m'appercevoir que ma fille arrêteroit vos vœux.

CLEONCE.

Eh ! quelle autre mériteroit mieux mon hommage ! croyez ....

LISIDOR.

Eh bien ! un prompt mariage va refferrer les nœuds de notre amitié.

CLEONCE.

Quelle faveur ! vous voulez donc ....

LISIDOR.

Oui , vous penfez bien ; vous favez vous refpecter , & refpectez auffi vos femblables ; vous méritez la main d'Eufebie.

CLEONCE.

J'aurai donc le bonheur !

LISIDOR.

Vous favez ce que vaut la parole de gens de notre efpéce ? Ma fille , qui trouve bien fait tout ce que je fais , va entendre ma propofition avec plaifir.   *Il fort.*

SCÈNE III.

CLÉONCE, LE MARQUIS, VERGANT.

VERGANT, *en entrant avec le Marquis.*

OH ! fans contredit ! c'eft le plus bel ouvrage que l'efprit de l'homme ait encore enfanté ! la fublime conftitution qui répofe fur les bafes de l'égalité & de la juftice !

CLEONCE , *allant toucher la main au Marquis.*

Vraiment , c'eſt l'ouvrage abhorré de tous les gens de bien :

V E R G A N T.

M. le Préſident , M. le Préſident , pourroit-on vous demander ce que vous appellez gens de bien ?

C L E O N C E.

Mais .... Toutes les perſonnes comme il faut ; c'eſt-à-dire , tous les nobles.

V E R G A N T.

Tous les nobles ! gens de bien ! comment donc ? Eſt-ce être homme de bien , que de n'employer tout le pouvoir dont on eſt revêtu , qu'à gréver les vaſſaux , & à leur arracher le ſoutien d'une pénible exiſtence ? Eſt-ce être homme de bien , de ruiner des malheureux cliéns par de procès interminables , & de détourner le poids mérité des lois de deſſus la tête du riche coupable , pour en accabler celle du pauvre ! de ſatisfaire ſon ambition immodérée , par des moyens proſcrits par la juſtice & la raiſon ? Eſt-ce être homme de bien , que de s'énorgueillir d'une naiſſance qui ne doit ſa diſtinction qu'à des vols ſubtils , à la lubricité la plus effrénée , aux injuſtices les plus atroces , en un mot , à des crimes heureux ? Voilà les actions des nobles : mais ſont-ce celles de l'honnête-homme ? Voilà les gens de bien qui déteſtent la nouvelle conſtitution, parce qu'elle eſt l'écueil du deſpotiſme , de la grandeur uſurpée , & de la baſſe adulation.

C L E O N C E.

Je ne m'abbaiſſerai pas juſqu'à répondre à de pareilles inculpations : l'aſpect de l'ancien régime parle aſſez en ma faveur : qui occupoit les places diſtinguées que les nobles ? Qui verſoit l'or avec autant de profuſion ? Qui fourniſſoit du travail au payſan , que le noble ?

VERGANT.

Hélas ! pour un seul qu'ils en faisoient vivre , combien il falloit en dépouiller !

CLEONCE.

Quels égards , quelle vénération n'a-t-on pas toujours eu pour la noblesse , & pouvoit-on sans elle prétendre à l'estime publique ?

VERGANT.

Quelle petitesse ! placer le mérite dans la noblesse ! eh ! ne savons-nous pas , qu'un lourdaut de paysan avec un excellent héritage , pouvoit l'acheter ? Qu'à force de valeter à la cour on parvenoit à se procurer un peu de parchemin , & qu'on se trouvoit Comte ou Marquis , *ex abrupto*. Que la protection de deux beaux yeux auprès des Ministres , avoient la vertu de changer un sang rôturier en sang noble ? L'honnête-homme peut priser ce qui se vend au poids de l'or , jamais le respecter. Sachez, Monsieur, que l'homme , quel qu'il soit , 'est toujours homme ; que c'est un outrage fait à sa grandeur , que les distinctions d'ordres , & qu'il n'y a que la seule vertu qui mette entre eux quelque différence.

CLEONCE.

Monsieur le Marquis , cet Officier nous insulte atrocement ; de grace , qu'il disparoisse !

LE MARQUIS.

Mais Monsieur , la vérité ne fût jamais pour moi une insulte ;

CLEONCE.

Non , il me fera raison de ce comble d'injures.

VERGANT , *dégainant.*

Sur l'heure ! . . . .

LE MARQUIS.

Tout beau , tout beau , Messieurs ! point de sang. *Il fait* *sortir Cléonce d'un côté , & Vergant d'un autre.*

SCÈNE IV.

LISIDOR, EUSEBIE.

LISIDOR.

AU milieu de tant d'horribles contre-temps , je m'occupe de ton bonheur : je viens de te choisir un époux !....

EUSEBIE.

Un époux !.... Ah !.... mon pere ....

LISIDOR.

Je conçois tout le plaisir que cette nouvelle peut te faire éprouver : tu penses bien qu'il peut se vanter de noblesse ; il possede un emploi fort honnorable , que par ses savantes manœuvres , il rend très-lucratif , juge donc de ses talens. Ce n'est pas un homme ordinaire au moins , il pense comme moi , & devoue à l'infamie ce tas prodigieux d'insensés qui préconisent avec emphase la bonté de la nouvelle constitution. Mais abandonnons ce chapitre attrabilaire ... Ton cœur doit être content & réjoui ?

EUSEBIE.

Ah ! mon pere .... Mon pere !....

LISIDOR.

Que signifient tous ces soupirs ? Acheve.

EUSEBIE.

Pour être contente , il faudroit pouvoir disposer du cœur.

LISIDOR.

Qu'ai-je entendu ! explique-toi , qui t'empêche de disposer du tien ?

EUSÉBIE.

Du mien ? Mon pere ?

LISIDOR.

Oui, du tien.

ÉUSEBIE.

Ah ! a-t-on encore un cœur, quand l'amour nous l'a
dérobé ?

LISIDOR.

Je l'ai déjà compris : tu aimes : mais encore un coup dé-
brouille moi cette énigme ; car c'en est une pour moi.

EUSEBIE.

Je me fentois dévorée du befoin d'aimer... J'aime....

LISIDOR.

Sans doute je ne pourrai qu'applaudir à ton choix ! parle
à ton pere fans détour.

EUSEBIE.

Vergant.

LISIDOR.

Eh bien ?

EUSEBIE.

Ma bouche vous a nommé le maître de mon cœur.

LISIDOR.   *d'un air interdit,*
mêlé d'indignation.

Quoi ! ma fille aime Vergant !... Je le vois, je le vois,
tu abhorres l'auteur de tes jours ! tu veux impofer une
tâche honteufe au nom que tu portes ! Dieux ! falloit-il
qu'un fi beau fang, qui a confervé fa pureté pendant plus de
deux fiecles, fût déshonnoré par ma fille ?... ô mes aïeux!
quel opprobre & pour vous & pour moi.... Sont-ce là les
fentimens que je t'ai infpiré ? Te connois-tu bien toi
même ? Sais-tu qui tu es ?

EUSEBIE.

d'un ton bas.
La fille (infortunée) de Lifidor.

LISIDOR.

Pense-tu ne rien dire ?

EUSEBIE.

Qu'on est à plaindre quand la noblesse & les richesses s'op-
posent au vrai bonheur !

LISIDOR.

Fille indigne de moi, & de ma race ! tu trouves le bonheur dans l'avilissement & l'ignominie ?.. Quoi ! un bourgeois est l'époux que ton cœur a choisi ? La fille de Lisidor !
...., ces sentimens flétrissans, parle, où les as-tu
puisés ?

EUSEBIE.

Dans la nature & la réflexion. Je n'ai jamais cru que
l'union d'une personne noble, avec un autre qui ne l'est
pas, fût un sujet de déshonneur.

LISIDOR.

Tu as aussi succé les maximes détestables du temps ! fâ-
che que ton pere les proscrit, ainsi que le choix avoué par
toi, & Cleonce deviendra ton époux. *Il sort.*

EUSEBIE.

Cleonce mon époux !... Vergant ! Un autre possederoit
le cœur de ton Eusebie ! ma flamme étoit si pure, cher
Vergant, & l'on me fait un crime de t'aimer !

SCENE V.

LE MARQUIS, EUSEBIE.

LE MARQUIS.

EH bien, ma chere Eusebie, ton bonheur se prépare !
la chaîne de l'himen va t'unir à M. Vergant ! votre amour
m'est connu, & j'ose en présager une félicité douce &
permanente, qui embelira le printems de votre vie, &

répandra un charme raviffant fur le refte de vos jours !...
Quoi de plus heureux que deux cœurs, qu'une mutuelle
fympathie a réunis ! fouffrir enfemble eft pour eux un plaifir ; & dans leur jouiffance ils goûtent par avance le fentiment exquis des biens céleftes.

EUSÉBIE.

Cruel deftin que je t'àbhore !.... fatale inégalité, tu
es le tiran & le bourreau des ames fenfibles !

LE MARQUIS.

Mais pourquoi ces tranfports impétueux ?

EUSEBIE.

Sacrifice déchirant ! barbare devoir !...Vergant n'eft pas
noble, & je dois recevoir Cléonce de la main de mon pere.

LE MARQUIS.

Sérieufement ? Tu euffes bienfait de faire tomber ton
choix fur un Noble : mais actuellement que la chofe eft
faite, & que tu es enjouée de M. Vergant, le confeil n'eft
plus de faifon : là tout de bon, ton pere veut que tu épou-
fes M. Cléonce ?

EUSEBIE.

Il vient de me le déclarer d'un ton fi tranfcendant, fi ab-
olu !.... encore j'en frémis.

LE MARQUIS.

Dès qu'il s'agit de ton bonheur, tu peux compter fur mes
foins ; j'oferai tout tenter, mais je ne puis répondre du
fuccès.

EUSEBIE.

Ah ! mon cher oncle, je n'ai d'autre efpoir qu'en vous !
c'eft fait de moi, fi vous m'abandonnez !... Mais pourquoi
m'abufer. ... il faudra obéir.... j'obéirai.... hélas ! il
vient à moi, que lui dire dans l'état où je fuis !....

SCENE VI.

SCENE VI.

EUSEBIE, VERGANT, EGLANTINE.

VERGANT.

MADAME, les préparatifs que fait M. votre pere pour votre mariage me bercent dans une flatteuse espérance; M. le Marquis applaudit à notre union : mais quoi ! tandis que ma joie est des plus vives, est-il vrai que vos yeux viennent de répandre de larmes ?

EUSEBIE.

Tout se prépare pour une pompeuse cérémonie ; mon pere doit être le sacrificateur, & Eusebie.... la victime.

VERGANT.

Dieux ! qu'ai-je entendu ! de grace.

EUSEBIE.

Mon pere vient de me quitter. . . . il m'a dit. . . . quel coup mortel !.... Vergant j'ai de trop, ma noblesse.

VERGANT.

Votre pere voudroit-il ?...

EUSEBIE.

Ma destinée doit être unie à celle de M. Cléonce.

VERGANT.

Cléonce ! eh ! quels droits a-t-il sur votre cœur ?

EUSEBIE.

Il a pour lui l'autorité paternelle. . . . oui, mon pere a parlé . . . . de peur que l'amour ne trahisse le devoir, il faut. . . . nous fuir.

VERGANT.

Ciel !

EUSEBIE.

Et vous tâcherez d'oublier Eusebie.

E

VERGANT.

Oui, quand elle cessera d'être adorable !... mais qu'osez-vous ordonner ?... vous pourriez !...

EUSEBIE.

Ah ! l'obéissance est un devoir ; l'amour n'est qu'un sentiment.... bien doux. J'avois cru pouvoir concilier l'amour avec la tendresse filiale.... mais le barbare destin.... Éloignez-vous.... Adieu, Vergant ; si quelquefois vous pensez à moi, que ce soit pour me plaindre....

VERGANT.

Eusebie, vous me quittez ?... Vous rompriez ces tendres liens qui nous unissoient si étroitement ! vous me raviriez ce cœur....

EUSEBIE.

Il faudra donner la main, sans consulter le cœur.

SCENE VII.

VERGANT seul.

QUE ce changement soudain me cause de trouble & d'étonnement ! est-ce moi qu'elle a fui ? Ne m'aimeroit-elle plus ? Non l'amour du devoir l'a entraînée loin de moi.... oh ! combien plus elle m'est chere !

SCENE VIII.

VERGANT, GERONS.

GERONS.

VOILA que vous avez à faire avec un aristocrate : par ma foi l'événement est terrible ! perdre ainsi la proie que vous visiez ! Ah ! que n'avez-vous acheté une charge ; aujourd'hui vous seriez Noble, ennobliriez vos enfans, & vous obtiendriez Eusebie !...

VERGANT.

Pefte foit de toi & de ta nobleffe! tu connois bien ma la dignité de l'homme : tu adoptes le ftupide préjugé des ames fans étoffe : c'eft l'homme feul qui honore, ennoblit un emploi ; dans l'ancienne conftitution, il eft vrai, c'étoit tout le contraire ; l'homme étoit ennobli par la charge ; mais malheur à celui qui avoit befoin de recourir à cette nobleffe pour obtenir notre eftime.

GERONS.

On avoit une même vénération pour toutes les perfonnes en place ; c'eft donc la charge & non pas l'homme qui l'imprimoit, puifque les hommes ne font pas également méritans.

VERGANT.

Alors, comme dit l'ingénieux & naïf Lafontaine :

D'un Magiftrat ignorant,

C'eft la robe qu'on falue.

GERONS.

Cadedis, que n'ai-je une robe! comme on me refpecteroit !

VERGANT.

Bien fot qui s'énorgueillit des hommages rendus à fes habits. Déformais, dans les membres du département, du diftrict, & autres tribunaux, conftitués pour rendre la juftice, on faluera des vraiment honnêtes hommes, de gens de mérite, aux yeux defquels fremiront la faveur & l'injuftice : on ne craindra plus le talent pernicieux de l'Avocat, qui fouvent ne fervoit qu'à fauver le coupable & punir l'innocent. L'avide Procureur eft donc réduit à l'heureufe impuiffance de ruiner fes femblables...... Vous qu'opprime un pouvoir tyranique, mettez-vous fous la tutele des nouvelles loix : veuves, orphelins, pauvres, vous tous que tourmente l'injuftice, venez éprouver leur bonté : cette constitution, que les crimes des grands avoient depuis long-temps rendu nécessaire, assure votre paix, votre bonheur & celui de toute la France.

GERONS

Vive donc la nouvelle constitution. Mais chut... Quelqu'un vient.... C'est Lisidor sans doute.... Je sors de peur qu'il ne me voye avec vous.

VERGANT.

Cleonce est avec lui, le sang bout dans mes veines, sortons.

SCÈNE IX.
LISIDOR, CLEONCE,

LISIDOR.

C'EN est assez ; je vous promets que dès aujourd'hui l'entrée de mon hôtel sera interdite à Vergant. Pour nous, hâtons-nous de terminer ce mariage : le Notaire instruit de ma volonté, va se rendre céans.

LAFLEUR.

Un campagnard actuellement arrivé m'a chargé de remettre cette lettre à M. le Président, *il sort.*

CLEONCE, *ouvrant la lettre.*

Permettez......

LISIDOR.

Oh ! Monsieur, bien volontiers : *tandis que Cleonce lit, Il se promene.* Eh ! quoi ! vous palissez ? quelle nouvelle funeste !

CLEONCE.

O le brigandage !

LISIDOR.

Quoi donc, quel malheur !

C L E O N C E.

Journée defaftreufe ! on m'annonce l'embrafement de mon Château, la deftruction de mon parc.

L I S I D O R.

Que les auteurs de ces terribles defordres ne reftent pas impunis ! qu'on les arrête, & qu'ils périffent victimes d'une prompte juftice.

C L E O N C E.

Les fcelerats ? Quel temps ils ont choifi pour fe venger de quelques légeres concuffions ! comment reprimer leur fureur ! oh ! fi ce defaftre fut furvenu il a deux ans, mon bras alors puiffant.....

L I S I D O R.

Il l'eft encore affez.... Il faut qu'un exemple terrible effraye quiconque oferoit les imiter : ma fille exige de vous cette févérité. Deployez tout le pouvoir des loix ; montrez qu'on ne brave pas impunement un noble........ allez, & je vais tout difpofer pour votre mariage.

S C È N E X.

L I S I D O R *feul.*

QUELLE horrible avanture ! fit-on jamais un plus vif outrage ! perdre fon Château, fon parc ! maudite liberté ; ce font là de tes attentats !

L A F L E U R.

Monfeigneur le Comte, Madame votre fille eft, depuis un demi quart d'heure, dans un état un peu allarmant : arrivée à fon appartement, elle eft tombée dans un bien grand évanouiffement, qui l'a prefque entierement privée de l'ufage de fes fens. *Il fort.*

L I S I D O R.

Dieu ! que de terribles coups m'accablent dans le même jour ! pauvre enfant, mes reproches lui auront percé l'ame... tant mieux, elle reconnoîtra sa faute, & verra qu'il ne faut point me déplaire. C'est un moment de crise, auquel va succéder la joie la plus parfaite.

Fin du second acte.

ACTE III.

SCÉNE PREMIERE.

EUSEBIE, ÉGLANTINE.

Eusebie arrive soutenue d'Eglantine, qui lui donne un fauteuil ; Eusebie s'assoit.

TOUT espoir est-il donc perdu ?......... La derniere volonté de mon pere, la connois-tu Eglantine ? Mais pourquoi m'abuser encore ?......

EGLANTINE.

Son caractere roide ne sauroit fléchir ; Cleonce va se rendre en votre présence, pour unir sa vie à la vôtre par les liens du mariage.

EUSEBIE.

Elle se leve. A Eglantine.

Eusebie la femme de Cleonce !..... perfide, pourquoi.

elle retombe

m'as-tu rien dit ?..... Laisse-moi livrée aux horreurs du devoir, qui détruit mon bonheur.

EGLANTINE.

Moi, vous quitter dans l'état où vous êtes ?....

EUSEBIE..... *relevant sa tête.*

.....L'as-tu vu ?....Que fait - il ?..... Je lui ai

ordonné de me fuir.... Il me fuit.... Si j'écoute la voix
du devoir, que n'écoute-t-il celle du cœur & de l'amour ?...
Vas, dis-lui, qu'il peut voir son Eusebie pour la dernière
fois.... qu'il vienne.... non, reste.... La vertu le dé-
fend.... Quoi pourroit-elle défendre de dire le dernier
adieu à son ami ?.... *Eglantine sort.*

S C E N E I I.

E U S E B I E, C L E O N C E.

CLEONCE saluant Eusebie, qui se lève.

MADAME, recévez mon respectueux hommage........
enhardi par la promesse de M. votre pere, j'ose vous offrir
ma main pour obtenir la vôtre.

E U S É B I E *pousse un soupir.*

Ah !....

C L É O N C E,

Que dois-je inférer de ce sombre silence ?......

E U S E B I E.

Ce que vous trouverez bon ......Mon pere a promis ma
main. Le devoir & la vertu ordonnent que son choix soit le
mien ....j'y souscris sans murmure......

C L É O N C E.

Ah ! quelle belle ame !.....qu'il me sera doux de posséder votre cœur !

E U S E B I E.

Arrêtez ; votre discours m'offense.

C L É O N C E.

Qu'entends-je ? Ce mot, votre bouche a-t-elle pu le pro-
noncer ?

E U S E B I E.

Quand on méconnoît le bonheur, est-on fait pour en
goûter le sentiment.

CLEONCE.

Tout redouble mon étonnement !.....

EUSEBIE.

A quel titre prétendez-vous à mon cœur ? Pour le posséder, il le faut mériter, & vous n'avez encore rien fait.

CLEONCE.

Mais ma noblesse, ma charge, ma fortune ? ne sont donc rien à vos yeux.

EUSEBIE.

Le temps dévorera vos titres !....... votre charge est vénale. ... La fortune est inconstante. ... & vous même....

à part.

vous même. .... Qu'allois-je dire ?

CLEONCE.

Achevez........

EUSEBIE.

Oui, vous-même éprouvez-vous le délicieux sentiment d'un amour vertueux ?..... Apprenez, vous & vos semblables, qu'un cœur honnête ne se marchande pas ; mais qu'il doit être le tribut précieux de l'amour & de l'estime......

CLEONCE.

Quels traits vous enfoncés dans mon ame ! Qu'il faut vous aimer pour supporter sans se plaindre leurs atteintes cruelles !..... Oui, la haine & la fureur devroient m'agiter tour à tour ; & je sens ma flamme s'augmenter, chaque instant vous embellit de nouveaux charmes : ce port noble & majestueux, ce teint vermeil, cette bouche où l'on croit voir deux nichées d'amour, cette taille svelte & légère ; ce doux ensemble de rares qualités formant un tableau parfait.....

EUSEBIE.

Doit-on profaner le langage de l'amour, quand on est peu fait pour le sentir ?   CLEONCE.

CLEONCE.

Cette rigueur outrée, & ce cruel traitement ont de quoi m'étonner & me confondre.

EUSEBIE *ironiquement.*

à part.

Sans doute vos prétentions fout faites pour plaire. Dieux! Où me laiffai - je emporter ?

CLEONCE.

Madame je m'apperçois, que votre choix eft fait ...... J'avois bien voulu vous préfenter ma main, & vous me fors cés à rougir d'une telle foibleffe..... ¡Adieu, Madame....

EUSEBIE.

à part.   *haut.*

Que vais-je devenir ? Ah ! mon père...... Cleonce, vous me fuyez.....& vous m'aimez ?.....

CLEONCE.

Devez-vous oublier les égards dûs à ma perfonne.... Je

il continue à s'en aller.

me connois, & votre indifférence extrême m'indigne & .....

EUSEBIE.

à part   *haut.*

O Vergant......ô mon père...... Cleonce, je n'ai voulu qu'éprouver votre amour...... Si vous m'aimez,

à part.

croyés qu'Eufebie ..... Vergant je t'abandonne, mais pour

haut.

mon pere..... Competz auffi qu'Eufebie vous eftime, & vous...... Mais il ne m'entend plus.

SCENE III.

EUSEBIE *seule.*

MURMURES de l'amour, brûlants tranfports, inexpri-
mables palpitations, taifez-vous . . . . . mon devoir & mon
pere vous le commandent ! . . . . . Quel devoir affez barbare
pourroit m'arracher Vergant ! . . . . Mon pere me rendroit
parjure ! . . . . . Perfide amour, ah ! pourquoi nous embra-
fer de ta flamme, fi le féroce Deftin doit nous féparer. . . .
Oui il deviendra mon époux, duffais-je. . . . Ah ! fille in-
fenfée & déjà trop coupable . . . . . . La douleur & le
défefpoir vont flétrir & confumer les jours de mon vieux
pere. . . . . Et c'eft moi qui le précipiterois au tombeau ? . . .
Cleonce, il le faut efpérer, méritera fans doute le cœur
d'Eufebie.

SCENE IV.

EGLANTINE, EUSEBIE.

EGLANTINE.

MADAME, je n'ai pu bien remplir votre commiffion ;
un accident fubit étant furvenu à Monfieur votre pere,
il a fallu prêter mon fecours pour panfer une bleffure . . . .

EUSEBIE.

Mon pere . . . Un bleffure . . . Acheve . . . Quel malheur . . .

EGLANTINE.

Voici la chofe telle qu'on me l'a apprife : M. de Lifidor
étant forti pour, je ne fais, quel objet, fon épée au côté,
devançoit fa chaife d'un pas tranquille & majeftueux ; fur
fon paffage s'eft trouvé un péloton de gens armés, entourés
d'une populace nombreufe : M. de Lifidor furpris de ce que

tous les yenx étoient fixés fur lui , & qu'on ne s'empreffoit
pas à lui laiffer le chemin libre , comme autre fois , un ris
mocqueur & une raillerie amère lui ont échappé , il tâchoit
de jetter à pleines mains du ridicule fur les citoyens armés , lorfque la plûpart fe font élancés fur lui avec colere
& fureur ; il étoit perdu , fi les fages repréfentations d'un
de ces Officiers , accouru pour le délivrer , n'avoient calmé
les efprits : & comme M. votre pere refufoit de fe fouftraire
à leurs coups , & fe mettoit en état d'en immoler quelqu'un à fon reffentiment , cet Officier l'a pris entre fes
bras , & l'a dérobé à la populace , en le faifant entrer
dans une maifon , d'où il eft forti par une fauffe porte , &
eft arrivé ici à l'aide de fa chaife ... Il n'a reçu qu'une
légère contufion ... J'ai appris auffi qu'il avoit été enjoint
à Mr. Vergant par M. votre pere de fuir & d'éviter votre
préfence.

E U S E B I E.

Ciel ! de quels coups mortels tu frappes mon ame ! cet
Officier , qui l'a fauvé , quel eft-il ? Si c'étoit .... Mais
allons trouver mon pere.... *Elles s'en vont & trouvent*
Lifidor.

S C È N E V.

LISIDOR , EUSEBIE , ÉGLANTINE.

E U S E B I E.

Ah ! mon pere , quelle main audacieufe a ofé vous frap-
per ?.... Excufez , fi je n'ai accouru ..... Eglantine vient
de me l'apprendre ..... Mais la bleffure eft-elle dangé-
reufe ?

LISIDOR.

La blessure n'est pas grande ; mais l'affront est excessif : attaquer publiquement le Comte de Lisidor : un membre de la noblesse ! .... Ce font des horreurs, que nos neveux ne pourront croire ! ... Quoi ! alors, qu'on eût dû trembler à mon aspect, oser lever la main sur moi ? ... Ah ! je punirai bien cet insolent audacieux .... Mais voilà ce que c'est que d'armer la canaille.

EUSEBIE.

Quelques railleries de votre part, les avoient offusqués, disoit-on.

LISIDOR.

Hé ! ne font-ils point faits pour essuyer nos mépris ? Crois-tu que le bourgeois & l'artisan, enfoncés sous leurs brillantes épauletes, deviennent plus grands à mes yeux ? Plus on veut les élever, plus on doit les accabler de dédain ; les places éminentes demandent des grands sentimens : ils germent seuls dans l'ame d'un noble.

EUSEBIE.

Mais à quelle main tutélaire dois-je la conservation de vos jours ?

LISIDOR.

C'est à ce beau Monsieur Vergant, qui tantôt te faisoit soupirer.

EUSEBIE.

Ah ! il se trouve donc des cœurs humains & bienfaisans parmi le tiers, puisque Vergant ...

LISIDOR.

Aurois-tu encore la foiblesse de l'aimer ?

EUSEBIE.

Pourrois-je haïr celui qui a protegé & défendu vos jours ?

LISIDOR.

Ma fille, il eſt aſſez payé par l'honneur de m'avoir ſervi : ne me force pas à rougir de lui devoir la vie.... J'oſe croire que tu as étouffé une indigne foibleſſe.... Cléonce vient de perdre, il eſt vrai, ſon château & ſon parc par un affreux embraſement ; mais il poſſede encore aſſez de fortune : d'ailleurs ſa nobleſſe, ſon air, ſa figure, ſa maniere de voir les choſes doivent t'enchanter.... Ses vaſſaux te reſpecteront. Il leur a ſouvent fait reconnoître ſon autorité, ſa puiſſance Seigneuriale, & ſi par-fois il a traité durement & avec quelque hauteur les payſans, c'eſt, ſelon moi, avoir fait trop d'honneur à cette canaille de la vexer, au lieu de la détruire.

EUSEBIE.

Quoi ! les ſentimens de l'humanité ſont étouffés en lui par le ſentiment de ſa grandeur !.... Son cœur eſt inſenſible à la miſere, & ſon œil la voit avec plaiſir ? Il dévore la ſubſiſtance du bon payſan, & il a le front de l'inſulter dans ſon infortune ?.... Qui plus que lui méconnût jamais la vraie nobleſſe ?

LISIDOR.

Ma fille, c'en eſt trop.... Tu dois reſpecter celui que ton pere honore de ſon eſtime ; je trouve bien ſingulier que lorſque M. Cléonce eſt avoué par moi, la fille prétende ſe récrier ?

EUSEBIE.

Hélas ! c'eſt de la fille qu'il doit devenir l'époux.... Et j'accepterois ſa main encore fumante du ſang, que lui a fait répandre ſa tyrannie ?....

LISIDOR.

Tu braves l'autorité paternelle ! ingrate ! & tu joins l'inſulte à l'outrage ! ſi tu as ſû éteindre le reſpect & l'obéiſſance filiale, ton pere ferà taire les sentimens de la nature : ou ma tendresse inquiete sur ton sort, ne s'occupoit depuis long-temps que de ton bonheur.... Tu le détruis.... Si ma bonté te donnoit lieu de tout espérer de moi... Tremble... & redoute tout, d'un pere irrité.

E U S E B I E.

Le coup affreux dont vous venez de m'accabler ne sera donc pas seul ? Eh quel autre malheur pourrois-je craindre?

L I S I D O R.

Ma malédiction.

E U S E B I E.

Quelle parole horrible !... mon pere !... Non, non, Eusebie n'ignore pas ce qu'elle vous doit ; le riant aspect du bonheur avoit fasciné mes sens.... Eh ! peut-on goûter de bonheur qu'en remplissant son devoir ! mon pere connoissez mon cœur.... ma bouche vous assure qu'il n'est pas indigne de vous.... si quelque tendresse vous parle encore en ma faveur, écoutez votre cœur, & laissez au mien la douceur d'obéir.

L I S I D O R.

Tu parois t'attendrir ; tu aimes donc encore ton pere ?

E U S E B I E.

Mon amour peut me reprocher de l'avoir trop aimé...... Mais je le sens, l'amour prête une nouvelle force aux sentimens de la nature ; jugez de leur vivacité par la grandeur du sacrifice que mon cœur ose vous faire....

L I S I D O R.

Voilà qui s'appelle parler ... Oui, je te reconnois là.... & tu es encore digne de moi. Je vais avertir Cléonce & les autres juges de l'affront reçu, & si les lois ont encore quelque pouvoir, elles doivent sevir contre ces méchans. Je reviens à l'instant, avec Cléonce, qui comblera nos communs desirs. *Il sort.*

S C È N E V I.

EUSEBIE, VERGANT, EGLANTINE,
derriere.

VERGANT.

GUIDÉ par l'amour que vous vous empreffez de méconnoître, je viens avant de m'éloigner de ces lieux, vous préfenter mon dernier hommage. . . . . Mais vous me fuyez. . . . Eufebie. . . . eh ! quoi donc. . . ma préfence vous bleffe. . . . Courez, courez vous immoler aux caprices infenfés & aux bifarreries cruelles de votre pere. . . .

EUSEBIE.
A part.

Ah ! refpectez mon pere. . . . ô Dieux ! que n'ai-je le courage de fuir !

VERGANT.

Sexe foible & timide ! votre pere gémit fous le joug honteux des préjugés, il méconnoît fes devoirs, ou fe plaît à les violer ; il s'oppofe à l'amour le plus pur. . . . fier de fon pouvoir & de votre foibleffe, il infulte atrocement l'image de la vertu. . . . & vous fouffrez. . . .

EUSEBIE.

Ceffez, Vergant, le murmure eft un crime. . . .

VERGANT.

Et l'infraction de tous les droits eft un devoir ? L'abus de l'autorité feroit une vertu ? S'il étoit un être affez vil pour le penfer. . . . Mais c'eft votre ! . . . .

EUSEBIE.

Ah ! qu'alliez vous dire ? Vous outragez Lifidor, & vous dites que vous m'aimez ?

VERGANT.

Si je ne vous adorois, pourrois-je le condamner ? Mais vous, vous m'abhorrez, puisque vous obéissez en esclave à ses ordres barbares.

EUSEBIE.

Tous les devoirs sont chers à mon cœur. . . .

VERGANT.

Eh bien ! cruelle, trahissez l'amour, & dites, si vous l'osez, que le devoir vous est cher ? derobez-moi votre cœur, & vantez-vous de vertu ? Le sceptre tyrannique est brisé : En France il n'est plus d'esclavage, & vous cherissez le vôtre !

EUSEBIE.

Vergant épargnez la sensibilité de mon cœur ; *elle s'en va.* Hélas ! que n'êtes-vous Cléonce !

VERGANT.

J'en suis sûr, je la perds par un excès de vertu ! Mais non, elle n'aura pas un époux, que sans doute elle abhorre ; son cœur ne peut vivre sans le mien. . . . Elle sera à moi, où ne sera pas malheureuse avec Cléonce.

SCENE VII.

LISIDOR, CLEONCE, GERONS
venant ensuite.

CLEONCE.

IL est inutile de songer à exercer la justice ; l'anarchie est à son comble ; je n'ai rien pu contre les brigands qui ont dévasté mon château. Que pourrez-vous contre...

LISIDOR.

Comment ! l'outrage qu'on m'a fait, pourroit-il demeurer impuni ? Ce n'est pas mon château, mais c'est moi-
même

même qu'on a voulu détruire ; moi dont la noblesse est presque aussi ancienne que le temps ; & dont les titres & le sang ont toujours été respectés , comme choses sacrées ; cet outrage réjaillit sur toute la Noblesse ; en me vengeant , vous vangez vos droits & votre cause.…… Hâtez-vous , punissez , exterminez ces scélérats.…

C L E O N C E.

Vous le savez , le Parlement pouvoit tout ; il ne peut plus rien ; ainsi perdez tout projet de vengeance , de peur de faire après beaucoup d'agis de l'eau claire , ou bien ayez recours à la municipalité.

L I S I D O R.

Cléonce étez-vous fou ! moi , le Comte de Lisidor , recourir à la Municipalité ! que je fléchisse le génou devant elle , voilà qui seroit beau .… Non , non , elle n'aura jamais l'honneur de me voir suppliant.

C L E O N C E.

Mais elle seule peut tout.

L I S I D O R.

Je vous l'ai toujours dit , le Ciel est juste , & ces choses ne peuvent durer. *Appercevant Gérons , que nous veut cet homme ?*

G E R O N S , *laisse tomber quelques papiers sans que Lisidor & Cléonce le voient.*

Ah ! Messeigneurs , daignez pardonner ma témérité ; j'ose vous demander.… Excusez ma hardiesse .…

L I S I D O R.

Eh bien !

à part. **G E R O N S.** *haut.*

Il faut que tu donnes dans le panneau. Messeigneurs , vos momens sont si précieux .… Je crains de vous déranger.…

L I S I D O R.

Quand on est devant moi , on parle , où on disparoit.

G

GERONS.

Pardon, Meſſeigneurs, auriez-vous rencontré quelque vieux parchemin ?

CLEONCE.

Un vieux parchemin ?

LISIDOR.

C'eſt bien à nous qu'il faut s'adreſſer : le Tiers eſt aujour-d'hui ſi impertinent !.... Mais quel eſt donc ce parche-min ?

GERONS.

Hé, des lettres de nobleſſe : il faut que je parcoure ... *Il le cherche, & allant vers l'endroit où elles ſont. J'apperçois quelque choſe, il s'avance*, ça pourroit bien être.... Juſte-ment, les voici : Ah ! que j'en ſuis aiſe !

LISIDOR.   *à Gerons.*

Des lettres de nobleſſe ! il les faut voir : donne ce parche-min :

GERONS.

On ne ſe ſoucie pas trop qu'on les voïe ; mais je puis vous les livrer ſans crainte.

CLEONCE.

Eſt-ce qu'on rougit d'être noble ?

GERONS.

Oh ! je ne dis pas ça, Monſeigneur ; mais ce titre ſuffit pour vous attirer la haine du peuple ; & c'eſt déſagréable....

LISIDOR.

Morbleu ! je ſerai bien fâché de mériter ſon eſtime : ſa haine ſeule peut nous honorer, ſi toutefois il a quelque choſe d'honorable..... Donne.

CLEONCE.

Qui a accordé ces lettres ?

à part.   **G E R O N S.**

Que lui dire ? C'eſt le Roi .... Léon X.

L I S I D O R.

Le Roi Léon X ?

G E R O N S.

Oui ? durant la papauté de Juſtinien.

C L E O N C E.

La papauté de Juſtinien ? Petit Flandrin, apprenez qu'un homme de robe n'ignore pas que Juſtinien étoit Juriſconſulte.

G E R O N S, *avec feu.*

Vos grandeurs ſont ſans doute verſées dans l'hiſtoire, & elles ſavent certainement que dans ce temps François I étoit Roi d'Eſpagne.

L I S I D O R, *bas à Cléonce,*

Dit-il vrai ?

C L E O N C E.

Il confond les époques de l'hiſtoire.

L I S I D O R, *les donnant à Cléonce.*

Tenez, examinons-les.

C L E O N C E, *lit très-poſément.*

Let-tres de no-nobleſſe ac-cordé-es à Mar-ie- Al-Alexan-dre-Philo-gene-Ver-Vergant, par-par-.... Ma foi le reſte eſt indéchifrable ; mais ce ſont de véritables lettres, car voilà le ſceau ....

L I S I D O R, *à Gerons.*

Tu connois ce Vergant ?

G E R O N S.

Je n'ai point cet honneur-là.

L I S I D O R.

Honneur .... Honneur .... Je te ſoupçonnois .....
Mais d'où les tiens-tu ?

à part. GERONS. *haut.*

O le malin viellard ! n'ayant pas beaucoup vu de lettres de nobleffe , je les avois demandées à un de fes amis :

LISIDOR.

Il doit s'être fait décraffer par quelque généalogifte bien payé , pourtant il croit que la nobleffe eft encore un titre refpectable , puifqu'il conferve.....

CLEONCE.

Ce Vergant eft l'Officier des gardes Nationales , qui tantôt....

LISIDOR

Juftement.

CLEONCE.

Fi-donc ; c'eft le plus vil démocrate.....Je vous l'ai dit.... Chaffez cet homme , Monfieur le Comte. *Il lui jette les lettres.*

GERONS, *les ramaffant,*

Monfieur , on ne chaffe que les chiens-d'Ariftocrates. *Il fort.*

SCENE VIII.

LISIDOR, CLEONCE.

CLEONCE.

Nous avons fouffert que cet infolent nous parlât trop long-temps......

LISIDOR

Il eft vrai ; mais nous ne fommes avilis qu'à nos propres yeux.... Au refte , fongez que tout eft prêt pour votre mariage , & tâchons au fein du plaifir qu'il va faire éclore de nous diftraire des horreurs & des infamies du temps.

CLEONCE.

Le bruit s'eft répandue qu'Eufebie, oubliant la naiffance,

brûloit pour un bourgeois : & j'ai foupçon . . . .

L I S I D O R.

Un tel foupçon m'offenfe : méconnoîtriez-vous mon fang jufqu'à croire ma fille indigne de moi ?

C L E O N C E.

Ses difcours choquans m'ont appris tantôt, que fon cœur avoit choifi.....

L I S I D O R.

Qui ? Vous lui prêteriez cette foibleffe ? Vous lui avez fans doute parlé de votre prochaine union ?

C L E O N C E.

Elle m'a répondu.....

L I S I D O R.

Vous devez favoir qu'une fille bien née reffent une fenfible émotion, lorfque le difcours roule fur fon prochain bonheur ; le mot de mariage l'aura allarmée . . . . Vous aurez pris cela pour un défaveu, elle vous eftime, j'en fuis sûr, & . . . .

L A F L E U R.

On vient dans cet inftant de remettre le Bulletin.

C L E O N C E *le parcourt rapidement.*

L I S I D O R.

Ainfi, cher Cléonce, ce font fots bruits qu'il faut méprifer.

E L E O N C E, *lit.*

Suppreffion entiere des tribunaux de Parlement.

L I S I D O R.

C'en eft donc fait, vous ne jugerez plus ?

C L E O N C E.

Vous venez de l'entendre. *Il eft prêt à tomber, lorfque Lifidor le foutient.*

LISIDOR.

La Fleur , foutiens Monfieur Cléonce , jufqu'à l'appar-
à Cléonce.

tement voifin , où vous ferez à votre aife , & aurez
tous les fecours néceffaires.

SCÈNE IX.

LISIDOR , *feul.*

QUELLE circonftance fâcheufe ! Cléonce perd étonna-
ment dans ce maudit bouleverfement : on enleve les propriétés qui avoient été déclarées facrées. Tout eft perdu ,
l'Anarchie triomphe ; le citoyen n'eft plus en fûrété , la
religion même eft avilie , profanée . . . . . Quel comble
d'aveuglement & d'injuftice ! . . . Quel parti prendrai-je ?
Vergant à une belle fortune . . . . Non , non , Cléonce malgré tous ces malheurs conferve toujours fon ancienne nobleffe , fes fentimens diftingués , & ma fille peut fe paffer
du refte.

SCÈNE X.

LISIDOR, LE MARQUIS.

LISIDOR.

AH ! vous voilà , cher Marquis ; eh ! bien , ma fille
époufe Cleonce , c'eft ainfi que je l'ai refolu.

LE MARQUIS.

Fort bien.

LISIDOR.

Mais d'ou vient que depuis votre arrivée , je n'ai prefque pas joui du plaifir de vous voir ?

LE MARQUIS.

J'ai employé tous mes momens à la réunion d'un cou-

ple malheureux: mais mes soins ont été inutiles : l'inftant de leur mariage fut presque celui de leur séparation,
gênés, contraints dans le choix de leurs cœurs par l'authorité de leurs parens, ils furent unis, & dès-lors leur
vie ne fut qu'un tissu de jours lugubres & odieux : le
dégoût, le mépris, la haine, suite inévitable d'un mariage forcé, leur firent profaner le plus saint des nœuds:
le bonheur n'étant pas le fruit de leur union, chacun le
rechercha avec empressement; leur mariage même devint
une raison pour que tous les deux vécussent à leur gré;
la foi conjugale fut violée, le désordre suivit leurs pas;
& l'adultère, ce crime affreux qui brise tous les liens de la
société, l'adultere parut seul pouvoir les dédommager,
& pour n'avoir été libres, ils ont été coupables & corrom-
pus.... pensez-vous que mes avis & mes conseils ayent
rien pu sur leur cœur? ah! quand on a choisi le vice pour
remplacer l'amour, qu'il est rare qu'on revienne à la vertu!

L I S I D O R.

Ma fille approuve mon choix; ainsi cet exemple....

L E   M A R Q U I S.

Mais son inclination se confond-elle avec vos désirs?

L I S I D O R.

Oui, très-fort.....son cœur ressentoit tantôt quelque chose
pour Vergant, mais elle a rougi, Dieu sait, d'une telle
faiblesse?

L E   M A R Q U I S.

Ne placez pas la contrainte dans une action si libre.......
liberté, liberté, voilà la devise de tout cœur Français.

L I S I D O R.

Vous souffririez que ma fille s'alliat à Vergant?

L E   M A R Q U I S.

Pourquoi non?

LISIDOR.

A un Bourgeois ?

LE MARQUIS,

en souriant

Egalement..... mais, n'est-il pas noble ?

LISIDOR.

Sa noblesse est de trop fraiche date dans le public pour qu'elle mérite la fille de Lisidor.

LE MARQUIS.

La voix de la vanité & de l'intérêt doit se taire lorsqu'il s'agit du bonheur d'un enfant : eh ! quel droit avez vous d'enchaîner ce qu'il y a de plus indépendant dans la nature ? les goûts sont différens ; & n'est-ce pas vouloir assujettir un cœur à notre goût que de prétendre le contraindre ! c'est-là, c'est-là la borne où doit expirer le pouvoir paternel. Un enfant fait-il le choix sans consulter personne, il reste toujours au pere l'ascendant des représentations, & non pas celui du commandement : le commandement doit finir où commence la liberté.

LISIDOR.

Ce sont vaines paroles ; le pouvoir d'un pere sur les enfans doit être absolu.

LE MARQUIS.

Eusebie est vertueuse, elle obéira sans murmure, vous prendrez son obéissance pour une inclination, & vous même la précipiterez dans le malheur ; c'est alorsque vous l'entendrez vous dire d'une voie triste & amere :

« Mon pere ce ne sont pas les liens de l'amour & de
» l'estime qui m'ont enchaînée, mais ceux de la force & de
» l'orgueil que mon cœur abhorre.... en me faisant trahir
» mon amant, ne m'avez-vous pas appris à trahir mon
» époux ! mon époux !....eh ! que lui devrais-je ? la fide-
» lité ? lorsque ma bouche le lui promit, mon cœur juroi

qu'i

» qu'il feroit fidele à fon premier ferment.... fi je ne puis
« m'honnorer du doux titre de mere, peut-être en êtez
« vous caufe; fi je deviens vicieufe, vous en répondrez. »
Vous les entendriez ces reproches amers, & vos en-
trailles paternelles en feroient déchirées.

LISIDOR.

Non, j'en fuis fûr : la fille de Lifidor ne concevra jamais l'idée d'outrager ainfi fon pere.

LE MARQUIS.

Je veux que l'amour du devoir guide toutes les démar-
ches d'Eufebie, qu'elle s'interdife toute plainte : mais fon
filence & fa préfence ne parleront-ils pas affez ? Vous la
verrez dépérir : l'abbatement d'Eufebie produira en vous le
déplaifir cruel, & peut-être les remords..... Oui, la
nature indignée s'éleveroit au fonds de votre cœur, vous
reprocheroit l'abus de l'autorité, & hâteroit votre trépas....
Voilà de quels maux affreux vous feriez l'auteur & la victime. Vous connoiffez tout le mérite de M. Cleonce, mais
non pas celui de M. Vergant ; je ne parlerai pas de la reconnoiffance que vous lui devez, ni des rares talens dont il
peut fe vanter : admirez feulement ce que peuvent en lui,
le devoir & la vertu, réunis : il fentoit qu'il ne pourroit
être heureux fans la main d'Eufebie, eh bien ! Elle lui dé-
clare votre volonté, elle le follicite à la fuite, de peur
que l'amour ne les trahit tous deux : jugez combien un tel
départ aura dû coûter à fon cœur ; je l'ai pourtant trouvé
s'empreffant de s'éloigner de ces lieux : revenez, lui ai-je
dit, mon frere a une ame trop bien née, & trop fenfible
pour ne pas apprécier vos vertus, & les récompenfer par
le don de la main d'Eufebie.

LISIDOR.

Mais marquis, il falloit le laiffer partir, & ne lui rien

dire là-deffus : Cleonce à ma parole, & il y doit compter.

LE MARQUIS.

Seroit - on adftraint à une parole quand on n'eft pas en droit de la donner ? Cher Comte, il s'agit du bonheur d'Eufebie, du vôtre, & vous vous préparerez des jours triftes & douloureux ; les liens du fang, & de l'amitié m'uniffant à tous deux, j'ai pris fur moi de les inviter à fe rendre ici , (*il tire fa montre*) à l'heure même, Eufebie aura la liberté de choifir fon époux, & de faire fon bonheur.

LISIDOR.

Non, je ne le pourrois fouffrir.

LE MARQUIS.

Quand on eft pere, il en faut remplir tous les devoirs. Mais les voici qui viennent : *avec affection.* Souvenez - vous de vous-même ; de la tendre & vertueufe Eufebie ; & du marquis qui vous aime bien tendrement.

LISIDOR *à part.*

Ces derniers mots ont attendri mon cœur. . . . . . Mais foyons toujours infléxible.

SCÉNE XI. & *derniere.*

LISIDOR, CLEONCE, LE MARQUIS, VER-GANT, EUSEBIE *au milieu:* GERONS ET EGLAN-TINE *derriere Vergant, tandis qu'on fe falue, le marquis fort, & rentre une couronne, à la main.*

LE MARQUIS.

SI la liberté doit être l'ame de toute notre vie, elle doit fur-tout régner dans deux cœurs qui doivent être à jamais unis : fa préfence doit diffiper les préjugés ; comme elle eft

la mere du bonheur , la contraindre ce feroit un crime
Eufebie voilà une couronne vous pouvez l'offrir à celui que
vous défignera votre cœur.

LISIDOR avec feu.

Marquis. . . . .

E U S E B I E prend la couronne , & court la porter fur la
tête de Lifidor.

Mon pere , la nature a mon premier hommage ! ces rofes
paffageres que l'amour filial vous donne par la main du
refpeƈt , ne font que l'image des rofes du bonheur , dont
je voudrois orner votre cœur.

L I S I D O R , attendri.

Tes fouhaits font précieux à ton pere , ma fille , fi le
refpeƈt te retient à mes pieds , ma tendreffe t'invite à te
jetter à mon col ; la préférence que j'ai eue , la fenfibilité que tu m'as témoigné , ont vivement ému ton pere...
embraffe-moi , ma fille. Eufebie fe releve & l'embraffe. Tu
as donné cette couronne à ton pere , il te la préfente à
fon tour : qu'elle foit le gage de ton bonheur , & elle le
fera du mien : fi celui qui peut te rendre heureufe eft fous
tes yeux , qu'il la reçoive de tes mains pour témoignage
de ta tendreffe.

C L E O N C E à part.

Un inflant a-t-il fuffi pour lui tourner la tête !

E U S E B I E.

Mon pere . . . . mon époux , je veux le recevoir de votre
main.

L I S I D O R.

Tu merites trop d'être heureufe ; non , les regrets &
l'amertume n'empoifonneront point tes jours. Ton pere
craindroit de tromper ton cœur ; hâte toi , ne retarde plus

notre commun bonheur ; choifis.... tous les deux font Nobles.

CLEONCE.

J'enrage . . . . lui mon égal !

VERGANT bas.

Moi noble ! j'en ferois bien fâché.

GERONS doucement.

Oui , oui , vous êtes Noble. Vous fâcherez-vous , fi l'on vous fait obtenir Eufebie ?

LISIDOR.

Allons , quel eft celui qui fixe tes vœux & tes defirs ?

EUSEBIE.

Non , je ne puis.... Mon pere , votre choix fera le mien.

LISIDOR.

Ma fille , obéis.

EUSEBIE.

Ah ! pourquoi me faire un devoir de ce choix !

Elle prend la couronne ; & en regardant fon pere & fon onclé, elle s'élance vers Vergant ; & lui mettant la couronne fur la tête :

Delicieufe obéiffance ! qu'il eft doux d'obtenir un cœur orné d'amour & de vertus , en couronnant la tête !

VERGANT.

La couronne eft précieufe, quand le cœur s'offre avec elle.

EUSEBIE.

Embraffons fes genoux. Tous les deux tombent aux pieds de Lifidor. Pere tendre , vous venez de me rendre la vie douce & attrayante , voilà un titre de plus pour augmenter mon amour & ma reconnoiffance , s'ils n'étoient déjà parfaits ; un pere aimant , & fenfible , doit s'attendre à être un pere adoré : les doux tréffaillemens du bonheur que j'éprouve , garantiffent ma promeffe.

V E R G A N T.

Madame votre fille a daigné m'ouvrir la route du bonheur, en me donnant sa main ; mais aux larmes de joie que vous me voyez repandre, se mêle une crainte affreuse .... Seroit-ce sur la croyance de la noblesse que vous m'auriez accordé Eusebie ?

G E R O N S, *à part.*

Nous sommes perdus ! il va tout découvrir, & tout rompre.

L I S I D O R.

Assurément ! & vous ne seriez point noble ?

V E R G A N T *se tournant vers Eusebie*

Vous aurez toute ma vie, mes hommages & mon cœur *A Lisidor.* Je ne veux pas être heureux, en profitant d'une erreur dont la connoissance pourroit rendre vos jours pénibles & odieux. Apprenez que Vergant n'est, ni ne veut être noble.

E U S E B I E.

Vergant, notre vertu nous a trahis tous deux.

L I S I D O R, *à Gerons.*

Comment ! imposteur .... Tu as été assez effronté ! ...

G E R O N S.

Monsieur, il est vrai, mais voyez quel grand bien va produire cet innocent artifice.

C L E O N C E, *en lui-même.*

C'est résolu ; je ne la prendrai pas...... Non ;

L I S I D O R, *à Gerons.*

Disparois impudent.... Il faut être bien osé..... Fuis ma présence, fuis..... *Gerons s'éloigne jusqu'au fonds du Théâtre.* *A Vergant.* Vous venez de me déchirer l'ame...,. *A Cléonce.* Je vous avez promis la main de ma fille ?....

CLEONCE.

Oui : & croyez-vous qu'au refus.....

LISIDOR, *à Vergant.*

Mais être prêt à facrifier fon bonheur à fon devoir , vouloir plutôt renoncer à Eufebie , que de me laiffer dan[s] l'erreur : non , je ne puis réfifter à ce dernier trait ; & c'en eft affez pour mériter ma fille. Telle eft la récompenfe de la grandeur d'ame que vous venez de produire ; & qui ma fortement ébranlé. J'ai appris dans un inftant qu'il exifte des fentimens nobles & diftingués ailleurs que parmi la nobleffe , qu'on peut être honnête-homme , & heureux fans elle.

LE MARQUIS.

Tombez abfurdes préjugés : votre regne eft détruit , & la faine phylofophie reprend fon empire : ô jour trois fois délicieux ! je fuis témoin du bonheur d'un couple vertueux, & je retrouve mon frere. *Il l'embraffe.*

LISIDOR.

Ma fille , jai retardé ton bonheur pour l'avoir méconnu , auffi en jouiras-tu avec plus de délices. Mes enfans , foyez à jamais unis , vivez pour le bonheur , & pour charmer la vieilleffe d'un pere & d'un oncle qui vous eftiment & vous adorent. *A Cléonce.* J'aurai pu vous donner fa main , mais l'auriez vous acceptée fans le cœur ? Et auriez – vous voulu être malheureux l'un & l'autre pendant toute votre vie. . . Pourtant que votre amitié foit la même , & comptez toujours fur ma bourfe.

CLEONCE, *d'un ton colere.*

Continuez à agir noblement.... Mais fachez que qui n'a pas été vous demander votre fille , n'ira pas vous demander la bourfe.

LE MARQUIS, *Il fort.*

Cher frere, achevez de vous montrer digne de vous même , en devenant français & patriote , faitez voir qu'il
n'y a qu'une ame flétrie par l'orgueil & par l'égoïfme , qui
puiffe être encore l'efclave de la vile ariftocratie.

LISIDOR.

Oui , je fuis bon français & bon patriote ; j'en attefte le
ciel , la terre , vous - même , devant qui je prononce le
ferment folemnel , d'être à jamais *fidele à la Nation , à la
Loi , & au Roi ; & de maintenir de tout mon pouvoir la conftitution de l'Etat , décrétée par l'affemblée Nationale &
fanctionnée par le Roi.*

F I N.